AF611809

VILLE DE PARIS

SERVICE
DES
TRAVAUX HISTORIQUES

PARIS
IMPRIMERIE NOUVELLE (ASSOCIATION OUVRIÈRE)
11, RUE CADET, 11

1900

EXPOSITION UNIVERSELLE DE 1900

VILLE DE PARIS

SERVICE

DES

TRAVAUX HISTORIQUES

PARIS

IMPRIMERIE NOUVELLE (ASSOCIATION OUVRIÈRE)

11, RUE CADET, 11

1900

EXPOSITION UNIVERSELLE DE 1900

VILLE DE PARIS

TRAVAUX HISTORIQUES

M. PAUL LE VAYER, I. ✿
Inspecteur des Travaux historiques.
Conservateur de la Bibliothèque de la Ville de Paris.

M. AUGUSTIN PÈTRE, A. ✿, Sous-Chef.

Le Service des Travaux historiques de la Ville de Paris pourrait, sans être taxé de prétentions trop exagérées, revendiquer sinon de très hautes, du moins de très anciennes origines.

Dès le moyen âge, en effet, les magistrats parisiens se préoccupèrent de recueillir, en vue de la postérité, les souvenirs de leur époque ou même de rechercher ceux des périodes antérieures et de veiller à leur conservation. On voit, au XVe siècle, le *Clerc du Parloir aux bourgeois* consigner par écrit les coutumes et les privilèges de la Ville, ainsi que les principaux actes de l'administration municipale. Celle-ci fit toujours très bon accueil aux particuliers dont les études portaient sur l'histoire ou la topographie de la Cité. Elle encouragea leurs travaux de diverses manières, et un moment vint où le personnel de l'Hôtel de Ville comprit un fonctionnaire officiellement pourvu de l'emploi *d'historiographe* qu'il cumula le plus souvent avec celui de *bibliothécaire*.

Il en fut ainsi pendant tout le XVIIIe siècle, au moins jusqu'à la Révolution, car, à partir de ce moment, l'attention de la municipalité fut appelée sur des questions d'un intérêt plus actuel et plus urgent que celle de la reconstitution des annales parisiennes. L'Empire succéda à la République sans renouer la tradition interrompue et, si quelques tentatives furent faites sous la Restauration pour la reprendre, ce fut avec une absence de méthode et d'esprit de suite qui vouait d'avance à la stérilité les travaux entrepris.

Cette longue solution de continuité nous empêche de rattacher le Service historique actuel aux organes similaires de l'ancienne administration.

A vrai dire, il n'existe, avec son caractère actuel, que depuis 1860. Les immenses travaux de voirie qui étaient alors en cours d'exécution avaient bouleversé une étendue notable du sol parisien.

Chaque jour, le pic des démolisseurs faisait disparaître quelques précieux vestiges du passé. Parfois aussi, leur pioche ramenait au jour d'autres témoins des époques disparues, enfouis depuis des siècles.

On se préoccupait tout à la fois de mettre à profit les enseignements qui résultaient de ces découvertes et de réparer la brèche que la destruction de tant de reliques vénérables avait faite dans le trésor, naguère si riche, des souvenirs parisiens.

De là, le projet conçu par l'Administration municipale d'élever à l'Histoire de la Ville de Paris un monument plus complet et plus grandiose que ceux dont le plan avait été ébauché jusque-là.

Tout d'abord, l'idée d'une nouvelle monographie parisienne fut écartée comme n'offrant qu'un cadre trop étroit, et l'on résolut de former une collection d'ouvrages où pourraient prendre place tous les travaux sur l'histoire de la Ville qui paraîtraient dignes d'y figurer.

Telle fut l'origine de la collection de l'*Histoire Générale de Paris,* dite *Collection verte* qui, à l'heure actuelle ne renferme pas moins de 40 volumes in-4°.

Une première Commission municipale des Travaux historiques avait été formée par arrêtés préfectoraux des 22 janvier 1862 et 26 mars 1863. Elle se composait de Conseillers municipaux auxquels avaient bien voulu se joindre quelques savants du dehors et ce fut elle qui dirigea les travaux préparatoires. Le 29 novembre 1865, un nouvel arrêté institua une seconde Commission, dont les éléments ne différaient guère de la précédente, et qui eut pour mission de diriger ces travaux. Une Sous-Commission permanente, ayant à sa tête le Secrétaire Général de la Préfecture, fut chargée de répartir le travail, d'en faciliter la marche journalière et d'en assurer les résultats. (*Hist. Gén. Introduction*, p. 20.) Enfin, un nouveau rouage administratif, qui reçut le nom de *Service administratif,* fut créé pour mener à bien, sous le contrôle de la Commission, l'œuvre considérable qui venait d'être entreprise.

A l'origine, les fonctionnaires qui composaient ce service participaient eux-mêmes, concurremment avec des collaborateurs pris au dehors, à la rédaction des ouvrages publiés pour le compte de la Ville et aux recherches que nécessitait leur préparation.

Ce système a été abandonné à partir de 1881, date de la réorganisation ordonnée par M. Hérold, qui appela à la tête du Service, l'Inspecteur actuellement en fonctions. Le Service historique n'est donc plus chargé de produire directement les travaux qu'il publie, ni même d'en assurer le contrôle scientifique ; ce dernier rôle est réservé aux membres de la Commission des Travaux historiques, sous le titre de *Commissaires responsables*. La rédaction des volumes est confiée à des érudits désignés par la Commission et agréés par le Conseil municipal et par le Préfet de la Seine.

Les attributions du Service consistent surtout à assurer l'exécution matérielle des œuvres à publier en surveillant leur impression et, en général, les divers travaux auxquels ces publications donnent lieu

En revanche, tandis que le Service historique primitif était limité à la collection de l'*Histoire Générale*, celui d'aujourd'hui a un champ d'activité beaucoup plus vaste.

Le Conseil municipal ayant décidé, en 1887, la publication d'une série de volumes sur la Révolution française, le Service des Travaux historiques fut chargé de poursuivre ce travail, sous la direction de la *Commission des recherches sur l'Histoire de Paris pendant la Révolution* et de la *Commission de contrôle* qui fut bientôt créée à côté d'elle. C'est ainsi que fut entreprise la *Collection de documents relatifs à l'Histoire de Paris pendant la Révolution française*, dite *Collection saumon*, qui se compose actuellement de 30 volumes in-8°, auxquels il convient de joindre quelques ouvrages publiés dans un format différent, mais se rapportant également à l'histoire révolutionnaire.

Dans l'intervalle, le même Service avait mené à bien sa publication de l'*Atlas des anciens plans de Paris*, comprenant la reproduction, en héliogravure, des plans les plus rares et les plus intéressants pour l'histoire de la topographie parisienne. Le premier tirage de cet important travail, entrepris sur l'initiative du Conseil municipal de Paris, remonte à l'année 1880. En outre, un arrêté du 10 mars 1879, ayant constitué le *Comité des Inscriptions parisiennes*, « chargé », dit cet arrêté, « de toutes les études et « recherches ayant pour objet de fixer et de perpétuer le souvenir des faits et des hommes dont « l'histoire se lie à celle de la Ville de Paris », ce Comité fut encore rattaché au Service historique qui, de plus, reçut différentes attributions accessoires, parmi lesquelles nous citerons le classement des monuments historiques dans le département de la Seine.

Dans la période de près de quarante années qui le sépare de sa fondation, le Service des Travaux historiques a subi, dans son régime intérieur, diverses transformations qu'il serait sans intérêt d'énumérer. D'autre part, s'il a toujours conservé son caractère propre, son autonomie n'a jamais été absolument complète et les services auxquels il a été réuni ont varié à plusieurs reprises.

Placé à ses débuts dans la *Section* dite *des Archives, de la Bibliothèque et des Travaux historiques*, il fut rattaché, peu de temps après les événements de 1870-71, au Service des Beaux-Arts, qui faisait alors partie de la Direction des Travaux. Il en fut ainsi jusqu'en 1895, avec cette seule différence que le Service des Beaux-Arts et des Travaux historiques fut séparé, en 1893, de la Direction des Travaux et placé sous l'autorité immédiate du Préfet.

En octobre 1895, les *Travaux historiques* furent détachés des Beaux-Arts et réunis à la *Conservation de la Bibliothèque et des Collections historiques*, alors installée à l'Hôtel Carnavalet.

Peu de temps après, le siège du *Service historique* fut transféré à l'Hôtel Le Peletier-Saint-Fargeau, où s'installait *la Bibliothèque de la Ville de Paris.*

Ajoutons qu'au 1er janvier 1898, les *Collections historiques*, demeurées à l'Hôtel Carnavalet, perdirent tout lien avec la *Bibliothèque*, laquelle, en revanche, conserva ceux qui l'unissaient depuis trois ans aux Travaux historiques.

Ce dernier Service a donc à sa tête un *Inspecteur des Travaux historiques, Conservateur de la Bibliothèque*, placé sous la haute autorité du Secrétaire général de la Préfecture. Il se compose, en outre, d'un *Sous-Chef*, d'un *Commis principal*, de deux *Expédi-*

tionnaires, dont un faisant fonctions de garde-magasins et de deux *attachés*.

L'Exposition Universelle de 1900 est la quatrième à laquelle ait participé le Service des Travaux historiques de la Ville.

Après cinq années entièrement consacrées aux travaux et aux recherches préparatoires, il avait fait paraître, en 1865, l'*Introduction de l'Histoire Générale*. Au cours de l'année 1867, parurent successivement : *Paris et ses historiens aux XIVe et XVe siècles*, par Le Roux de Lincy et Tisserand, ainsi que le tome Ier des *Anciennes Bibliothèques de Paris*, par Alfred Franklin. C'est à ces trois volumes que dut se réduire la participation du Service historique à l'Exposition de 1867.

En 1878, l'œuvre du Service s'était considérablement accrue, mais l'incendie de l'Hôtel de Ville avait malheureusement détruit, dans l'intervalle, une grande partie de ses collections et une foule de documents qui avaient été préparés en vue des publications ultérieures. Néanmoins, la collection de l'Histoire Générale comprenait alors 17 volumes et il fut possible d'offrir au public la primeur des reproductions faites pour l'*Atlas des anciens plans de Paris* qui se trouvait alors en préparation.

A l'Exposition de 1889, le Service présentait 27 volumes de la *Collection de l'Histoire Générale* et 7 volumes de la *Collection de l'Histoire de Paris pendant la Révolution*. Il exposait, en outre, un choix de planches extraites des ouvrages de l'Histoire générale de Paris (gravures sur bois, chromolithographies, héliogravures, etc...), ainsi que les premières feuilles du *plan archéologique de Paris (XIVe-XVIIe siècles)*, dû à l'initiative d'Albert Lenoir, en collaboration avec Adolphe Berty ; les *plans comparatifs de Paris en 1789 et pendant la période révolutionnaire*, par E. Hochereau et L. Faucou, et une suite de vues reproduisant les inscriptions commémoratives destinées au *Recueil des Inscriptions parisiennes* qui devait paraître deux ans plus tard. Enfin, l'*Atlas des anciens plans de Paris*, qui avait été terminé depuis l'Exposition précédente et dont un second tirage avait été déjà effectué, formait un magnifique volume in-folio grand-aigle, auquel les visiteurs accordèrent l'attention qui lui était légitimement due.

Il nous sera permis d'ajouter que l'ensemble des objets exposés recueillit les suffrages les plus flatteurs et qu'à cette occasion, le Service des Travaux historiques fut honoré d'un *grand prix*, la plus haute récompense dont le jury disposât.

Nous allons maintenant passer en revue, en suivant l'ordre adopté pour le catalogue, les livres et documents exposés en 1900.

Les divisions de ce catalogue sont les suivantes :

I. — Histoire générale de Paris ;

II. — Paris pendant la Révolution ;

III. — Choix de planches extraites des ouvrages de l'histoire générale de Paris ;

IV. — Choix de plans extraits de la collection des anciens plans de Paris.

I

HISTOIRE GÉNÉRALE DE PARIS

Cette collection se compose de volumes in-4° imprimés par les soins de l'Imprimerie Nationale, pour le compte de la Ville de Paris, sous la surveillance de la Commission des Travaux historiques.

Cette Commission se prononce notamment, sous réserve de la ratification du Conseil municipal, sur l'intérêt que présentent les projets de publication qui lui sont soumis. Elle préside également, par l'intermédiaire d'un Commissaire responsable, à la réception des ouvrages terminés. Ses membres sont nommés, pour une durée de six ans, par un arrêté préfectoral, rendu sur la présentation de la Commission elle-même. Elle est renouvelée par tiers de deux ans en deux ans.

Les volumes de cette série sont tirés en général à 1,200 exemplaires et demeurent la propriété exclusive de la Ville de Paris, qui se charge de solder les droits d'auteurs, ainsi que les frais d'impression, de gravure, cartonnage, reliure, etc.

Un certain nombre d'exemplaires sont distribués, à titre gracieux, aux bibliothèques des grandes villes de France et de l'étranger, ainsi qu'à quelques personnes connues pour leurs travaux sur l'histoire de Paris. Le surplus est mis en vente, pour le compte de la Ville, par l'intermédiaire d'un libraire désigné par la voie de l'adjudication, et moyennant un prix qui est fixé pour chaque volume par arrêté préfectoral, et qui varie, suivant la nature et l'importance de l'ouvrage, de 25 à 100 francs.

Il est à noter que quatre de ces volumes : les tomes I et II de la *Topographie* et les tomes I et II de la *Seine*, ont fait l'objet d'une réimpression, la presque totalité de leurs exemplaires ayant été détruits par l'incendie de 1871.

Voici, du reste, la liste des ouvrages formant la collection de l'*Histoire générale* qui ont paru depuis la création du service jusqu'en 1900. Ils figurent au catalogue de l'Exposition de la Ville de Paris sous les numéros 260 à 278.

260. — Introduction a l'Histoire générale de Paris. — Plan de la collection, précédents historiques, par L.-M. Tisserand. — 1 volume.

261. — Topographie historique du Vieux Paris. — Tomes I et II. *Région du Louvre et des Tuileries*, par A. Berty et H. Legrand. — Tomes III et IV. *Régions des bourg et faubourg Saint-Germain*, par feu A. Berty, complétées par L.-M. Tisserand et Th. Vacquer. — Tome V. *Région occidentale de l'Université*, par feu A. Berty, complétée par L.-M. Tisserand. — Tome VI. *Région centrale de l'Université*, par feu A. Berty, continuée par L.-M. Tisserand, avec la collaboration de Camille Platon. (*Ouvrage en cours de publication.*)

262. — La Seine. — *Le bassin parisien aux âges antéhistoriques*, par feu E. Belgrand, membre de l'Institut, Inspecteur général des Ponts et Chaussées, Directeur des Eaux et Egouts de la Ville de Paris. — 2e édition, 2 volumes.

263. — Paris et ses historiens aux XIVe et XVe siècles, par feu Le Roux de Lincy, conservateur honoraire à la Bibliothèque de l'Arsenal, et L.-M. Tisserand. — 1 volume.

264. — Les anciennes bibliothèques de paris. — (Eglises, monastères, couvents), par Alfred Franklin, conservateur de la Bibliothèque Mazarine. — 3 volumes.

265. — Le cabinet des manuscrits de la Bibliothèque nationale, par Léopold Delisle, membre de l'Institut, administrateur général de la Bibliothèque nationale. — 3 volumes et album de 50 planches d'écritures du Ve au XVe siècle.

266. — Les Armoiries de la Ville de Paris, par feu le comte de A. de Coëtlogon et L. M. Tisserand. — 2 volumes.

267. — Étienne Marcel, prévôt des marchands (1354-1358). par F. T. Perrens, lauréat de l'Institut, Inspecteur de l'Académie de Paris. — 1 volume.

268. — Plan de restitution. — Paris en 1380. Plan cavalier restitué par feu H. Legrand. — 1 volume.

269. — Les jetons de l'Échevinage parisien, par feu d'Affry de la Monnoye. — 1 volume.

270. — Le Livre des Mestiers d'Estienne Boileau. — Édition *variorum*, par R. de Lespinasse et F. Bonnardot, archivistes-paléographes. — 1 volume.

271. — Les Métiers et Corporations de la Ville de Paris. par R. de Lespinasse, archiviste-paléographe. — Tome I. *Ordonnances générales. Métiers de l'alimentation.* — Tome II. *Orfèvrerie, sculpture. mercerie, ouvriers en métaux, bâtiment et ameublement.* — Tome III. *Tissus, étoffes, vêtements, cuirs et peaux, métiers divers.*

272. — Les Registres du Bureau de la Ville. — *Recueil des délibérations de l'ancienne municipalité parisienne.* — Tome I (1499-1526), par F. Bonnardot, archiviste-paléographe. Tome II (1527-1539), par A. Tuetey, sous-chef de section aux Archives Nationales. - Tome III (1539-1552), par P. Guérin, archiviste aux Archives Nationales. — Tome IV (1552-1558), par F. Bonnardot. — Tome V (1558-1567), par A. Tuetey. — Tome VI (1568-1572), par Paul Guérin. — Tome VII (1572-1576), par F. Bonnardot. — Tome VIII (1576-1586), par Paul Guérin. (*Ouvrage en cours de publication.*)

273. — Le Cartulaire général de Paris. — Tome I. Chartes de 528 à 1180. par R. de Lasteyrie. professeur à l'École des Chartes. *Ouvrage en cours de publication.*)

274. — L'Epitaphier général du vieux Paris, par E. Raunié, archiviste-paléographe. Recueil général des inscriptions funéraires des églises, couvents, collèges, hospices, cimetières et charniers, depuis le moyen âge jusqu'à la fin du XVIIIe siècle. — Tome I. *Saint-André-des-Arcs-Saint-Benoît*, n°s 1 à 524. — Tome II. *Bernardins-Charonne*, n°s 525 à 980. — T. III. *Chartreux-Saint-Etienne-du-Mont*, n°s 981 à 1510. (*Ouvrage en cours de publication.*)

275. — La Bastille, par F. Bournon. archiviste-paléographe. Histoire et description des bâtiments. — Administration. — Régime de la prison. — Événements historiques 1 volume.

276. — La Faculté de Décret de l'Université de Paris au xve siècle, par Marcel Fournier. — Tome I (2e section). — (*Ouvrage en cours de publication.*)

277. — Recueil des Inscriptions parisiennes (1881-1891), par Paul Le Vayer, Inspecteur des Travaux historiques. — (*Ouvrage en cours de publication.*)

278. — Atlas des anciens plans de Paris. — Reproduction, en héliogravure, des plans les plus rares et les plus intéressants pour l'histoire de la topographie parisienne. — Publication due à l'initiative du Conseil Municipal de Paris (3e tirage. — 1900), 1 volume in-folio grand aigle.

Ajoutons que le service comptait pouvoir faire figurer, à l'Exposition, trois autres volumes : le tome IV de l'*Epitaphier du Vieux Paris*, ainsi que les tomes IX et X des *Registres de la Ville*. L'impression en était terminée et les feuilles allaient être livrées au relieur, quand un commencement d'incendie, survenu dans les ateliers de l'Imprimerie nationale, en détruisit la plus grande partie.

Plusieurs ouvrages, destinés à prendre place dans cette collection, sont actuellement en préparation. Nous pouvons citer notamment : l'*Inventaire des insinuations du Châtelet de Paris*, par M. Campardon, sous-chef de section aux Archives nationales ; l'*Histoire de la juridiction du Châtelet*, par M. Stein, archiviste aux Archives nationales, et plusieurs autres, dont le projet a été soumis à la Commission des Travaux historiques, mais sur lesquels le Conseil municipal n'a pas encore statué.

II

PARIS PENDANT LA RÉVOLUTION

Les approches du centenaire de 1789 avaient appelé l'attention du Conseil municipal sur les souvenirs de la période révolutionnaire et sur les lacunes que présentait, à cet égard, l'histoire de la Cité parisienne.

Une délibération du 29 avril 1887 décida la publication d'une première série de documents relatifs à l'Histoire de Paris pendant la Révolution française. La Commission des recherches se constitua et un arrêté préfectoral, du 26 mai suivant, créa une Commission de contrôle.

Cette nouvelle collection qui ne comprenait, en 1889, que 7 volumes, en compte aujourd'hui 30, formant neuf ouvrages, dont six entièrement terminés.

Il y a lieu d'observer, qu'à la différence de ce qui se passe pour la collection de l'Histoire générale, ces ouvrages ne sont pas édités par la Ville. Celle-ci se borne à leur accorder son patronage et à faciliter leur publication. A cet effet, elle se charge d'acquitter les honoraires des auteurs et s'engage à acquérir, des éditeurs, 400 exemplaires de chaque volume, moyennant un prix calculé d'après le nombre des feuilles qui le compose.

Quant au chiffre du tirage, il varie au gré des éditeurs qui ont toute liberté à cet égard, la vente des exemplaires non acquis par la Ville ayant lieu à leur profit de même qu'à leurs risques et périls.

Le prix du volume est uniformément fixé à 7 fr. 50.

Ajoutons que les trois maisons d'édition, avec

lesquelles la Ville a traité pour la publication de ces ouvrages, sont les suivantes : A. Jouaust (Cerf, successeur) ; Noblet ; H. May (Société française d'éditions d'art.)

Voici la liste des volumes figurant au Pavillon de la Ville de Paris avec les numéros du catalogue :

279. — LES ÉLECTIONS ET LES CAHIERS DE PARIS en 1789, par M. L. Chassin. — Tome I. La Convocation de Paris aux derniers Etats Généraux. — Tome II. Les Assemblées primaires et les cahiers primitifs. — L'Assemblée des Trois Ordres. — Tome IV. Les Elections et les cahiers de Paris hors murs. — 4 volumes.

280. — L'ÉTAT DE PARIS EN 1789, par H. Monin. — 1 volume.

281. — LA SOCIÉTÉ DES JACOBINS. — Recueil de documents pour l'histoire du Club des Jacobins de Paris, par F. A. Aulard. — Tome I (1789-1790). - Tome II (janvier-juillet 1791. — Tome III (juillet 1791-juin 1792). — Tome IV (juin 1792-janvier 1793). — Tome V (janvier 1793-mars 1794). — Tome VI (mars à novembre 1794). — 6 volumes.

282. — LE PERSONNEL MUNICIPAL PENDANT LA RÉVOLUTION, par Paul Robiquet. — 1 volume.

283. — LES ACTES DE LA COMMUNE DE PARIS PENDANT LA RÉVOLUTION, par Sigismond Lacroix (1re série). — Tome I (25 juillet-18 septembre 1789). — Tome II (19 septembre-19 novembre 1789). — Tome III (20 novembre 1789-4 février 1790). — Tome IV (5 février-14 avril 1790). — Tome V (15 avril-8 juin 1790). — Tome VI (9 juin-20 août 1790). — Tome VII (21 août-8 octobre 1790). — Tome VIII, Table. 1re partie : noms de villes, lieux, départements ; 2e partie : noms de personnes A à O. — Tome IX, Table : noms des personnes P à Z. — 9 volumes.

284. — LES CLUBS CONTRE-RÉVOLUTIONNAIRES PENDANT LA RÉVOLUTION, par A. Challamel. — 1 volume.

285. — LE MOUVEMENT RELIGIEUX A PARIS PENDANT LA RÉVOLUTION, par le docteur Robinet. — Tome I. La Révolution dans l'Eglise (juillet 1798-5 septembre 1791). — Tome II. Préliminaires de la déchristianisation (septembre 1791 à septembre 1793). — (*Ouvrage en cours de publication.*)

286. — PARIS SOUS LA RÉACTION THERMIDORIENNE ET PENDANT LE DIRECTOIRE, par F.-A. Aulard. — Tome I (28 juillet 1794-

9 juin 1795). — Tome II (9 juin 1795-19 février 1796. — Tome III 20 février 1796-10 mars 1797). — (*Ouvrage en cours de publication.*)

287. — LES VOLONTAIRES NATIONAUX PENDANT LA RÉVOLUTION, par Ch.-Louis Chassin et L. Hennet. — Tome I. Historique militaire et états de service des huit premiers bataillons de Paris levés en 1791 et 1792. Documents tirés des Archives de la Guerre et des Archives Nationales. — (*Ouvrage en cours de publication.*)

Il faut ajouter à cette liste les deux volumes de l'ASSEMBLÉE ÉLECTORALE DE PARIS par feu Etienne Charavay, qu'une erreur de mise en pages a fait omettre au catalogue. Le troisième volume de cet ouvrage paraîtra prochainement, d'après les notes laissées par l'auteur. M. Aulard prépare également un ouvrage en deux volumes sur l'*Histoire de Paris pendant le Consulat*, dont l'impression a été récemment autorisée.

Les numéros 288 à 291 du catalogue sont relatifs à différents ouvrages qui se rapportent, comme ceux que nous venons d'énumérer, à l'Histoire de la Révolution, mais qui, pour des raisons diverses, n'ont pas pris place dans la collection précédente, et dont la Ville a conservé l'entière propriété.

288. — RÉPERTOIRE DES SOURCES MANUSCRITES DE L'HISTOIRE DE PARIS PENDANT LA RÉVOLUTION FRANÇAISE, par Alexandre Tuetey, sous-chef de section aux Archives Nationales. — Tome I. *États Généraux* et *Assemblée Constituante* 1re partie. — Tome II. *Assemblée Constituante* 2e partie. — Tome III. *Assemblée Constituante*, 3e partie. — Tome IV. *Assemblée Législative*, 1re partie. — Tome V. *Assemblée Législative*, 2e partie. (*Ouvrage en cours de publication*).

289. — BIBLIOGRAPHIE DE L'HISTOIRE DE PARIS PENDANT LA RÉVOLUTION FRANÇAISE, par Maurice Tourneux. — Tome I. *Préliminaires, Événements.* — Tome II. *Organisation et rôle politiques de Paris.* — Tome III. *Monuments, mœurs et institutions.* (*Ouvrage en cours de publication.*)

290. — L'ASSISTANCE PUBLIQUE A PARIS PENDANT LA RÉVOLUTION, par Alexandre Tuetey, sous-chef de section aux

Archives Nationales, 4 volumes. — Tome I. *Les hôpitaux et hospices* (1789-1791). — Tome II. *Les ateliers de charité et de filature* (1789-1791). — Tome III. *Les hôpitaux et hospices* (1791 an IV). — Tome IV. *Les hospices et ateliers de filature* (1791 an IV).

291. — MUSIQUE DES FÊTES ET CÉRÉMONIES DE LA RÉVOLUTION FRANÇAISE, par Constant Pierre, commis principal au Conservatoire de musique et de déclamation. — 1 volume avec planches.

Plusieurs ouvrages, destinés à prendre place à la suite de ces derniers, sont actuellement en cours de publication. Ce sont d'abord deux nouveaux volumes, de M. Constant Pierre, sur *la Musique pendant l'époque révolutionnaire*, puis un *Répertoire général des documents iconographiques sur l'Histoire de Paris pendant la Révolution*, par M. Gosselin-Lenôtre; enfin une *Histoire des bâtiments où ont siégé les Assemblées parlementaires de la Révolution*, par M. A. Brette, dont quelques planches ont été prêtes à temps pour figurer à l'Exposition actuelle. (Voir cadres, n^os^ **313** et **313** *bis*.)

III

CHOIX DE PLANCHES EXTRAITES DES OUVRAGES DE L'HISTOIRE GÉNÉRALE DE PARIS

En dehors des ouvrages énumérés ci-dessus, le Service des Travaux historiques expose, sous les numéros **292** à **326**, un certain nombre de cadres renfermant des planches ou des plans, les uns tirés de ses publications déjà parues, les autres destinés à prendre place dans celles qui suivront.

292. — Vues des maisons portant des Inscriptions parisiennes. — Photographies destinées au Recueil des Inscriptions parisiennes, par P. Le Vayer. *(Ouvrage en cours de publication.)*
(4 *cadres.*)

293. — Paris disparu. — *Quartiers des Halles, Saint-Germain, Saint-Michel, Saint-Victor.* (Vues photographiques prises antérieurement aux travaux de voirie exécutés de 1860 à à 1870.)
(4 *cadres.*)

294. — Épitaphier du vieux Paris. — *Monuments funéraires de la Sainte-Chapelle du Palais*, dessins originaux, par P. Le Vayer, I. ✿, Inspecteur des Travaux historiques.
(1 *cadre.*)

295. — Armorial de l'Épitaphier. — Planche type. — Peinture en miniature, par P. Le Vayer.
(1 *cadre.*)

296. — Plan des Paroisses de Paris, par Juignet, en 1786. — Reproduction photographique du plan original existant aux Archives nationales. (Arch. Nat. — N. I, Seine 56).
(1 *cadre.*)

297. — Eglise Saint-Séverin (*façade principale*). — Hôtel de Cluny (*façade de l'aile occidentale et chapelle*). — Hôtel de

Cluny (*façade sur la rue*). — Caves de l'Hôtel du Grand Becq. — Palais des Thermes (*cours de l'aqueduc*). — Planches extraites du tome VI de la *Topographie historique du Vieux Paris.*

(1 *cadre*).

298, — Plan du Collège du Mans et de l'Église collégiale des Grès. — Collège de France. — Église Saint-Julien-le-Pauvre. — Couvent des Dominicains (*plan*). — Couvent des Dominicains (*façade*). — Couvent des Dominicains (*détails*). — Planches extraites du tome VI de la *Topographie historique du Vieux Paris*.

(1 *cadre*).

299. — Saint-Julien-le-Pauvre. — Saint-Jean-de-Latran (*chapelle*). — Saint-Jean-de-Latran (*plan*). — Tranchées d'égout ouvertes rue Galande et rue Saint-Julien-le-Pauvre. — Plan de substructions romaines et gallo-romaines et sépultures. — Planches extraites du tome VI de la *Topographie historique du Vieux Paris*.

(1 *cadre*.

300. — Église Saint-André-des-Arcs. — Couvent des Grands-Augustins. — Couvent des Petits-Augustins. — Couvent de l'Ave-Maria. — Église Saint-Benoit. — Abbaye royale de Saint-Antoine-des-Champs. — Hospice des Petits-Augustins (*restitution de plans et vues perspectives*). — Planches extraites du tome I de l'*Épitaphier du Vieux Paris*.

(1 *cadre*.)

301. — Collège des Bernardins. — Ancien Couvent des Blancs-Manteaux. — Couvent des Capucins de la place Vendôme. — Couvent des Grands-Carmes (Carmes de la place Maubert). — Couvent des Carmes-Billettes. — Prieuré de Sainte-Catherine du Val-des-Écoliers (*plans et élévations*). — Planches extraites du tome II de l'*Épitaphier du Vieux Paris*.

(1 *cadre*.)

302. — Collège de Cluny (*plan*). — Collège des Écossais (*vue et plan*). — Prieuré de Saint-Denis-de-la-Chartre (*vues*). — Prieuré de Sainte-Croix-de-la-Bretonnerie (*vue et plan*). — Église collégiale de Saint-Étienne-des-Grès (*vue et plan*). — Église paroissiale de Saint-Étienne-du-Mont (*vue et plan*). — Planches extraites du tome III de l'*Épitaphier du Vieux Paris*.

(1 *cadre*.)

303. Vestiges de l'enceinte de Paris sous Philippe-Auguste, par A. Lenoir, Th. Vacquer et E. Hochereau. — 10 planches.

(2 *cadres*.)

304. — Fac-similé de documents extraits de *La Bastille*, par Bournon.
(2 *cadres*.)

305. — CHROMOLITHOGRAPHIES. — Fac-similé des miniatures tirées du Missel de Juvénal des Ursins. — Planches extraites des *Historiens de Paris aux* XIVe *et* XVe *siècles*.
(1 *cadre*.)

306. — CHROMOLITHOGRAPHIES. — Fac-similé de manuscrits et miniatures. — Planches extraites des *Armoiries de Paris*.
(2 *cadres*.)

307. — JETONS DES CORPORATIONS ET MÉTIERS. — Gravures sur bois extraites des *Métiers et Corporations de la Ville de Paris*.
(1 *cadre*.)

308. — JETONS DES ÉCHEVINS DE PARIS. — Gravures sur bois tirées des *Jetons de l'Échevinage parisien*.
(1 *cadre*.)

309. — PLAN ARCHÉOLOGIQUE DE PARIS, depuis l'époque romaine jusqu'au XVIe siècle inclusivement. — Commencé par MM. Lenoir, Berty et Vacquer, continué par M. Petrovitch.
(1 *cadre*.)

310. — PLAN DE LUTÈCE à L'ÉPOQUE GALLO-ROMAINE, d'après les relevés de feu Th. Vacquer, par E. Hochereau ✻, architecte, ancien conservateur du plan de Paris, membre de la Commission des Travaux historiques et du Comité des Inscriptions parisiennes. Échelle $\frac{1}{1.000}$.
(1 *cadre*.)

311. — THÉATRE DE LUTÈCE A L'ÉPOQUE GALLO-ROMAINE. Plan d'après les relevés de Th. Vacquer, par E. Hochereau.
(1 *cadre*.)

312. — CÉRÉMONIES OBSERVÉES A PARIS, LE 2 JUIN 1739, POUR LA PUBLICATION DE L'ORDONNANCE ROYALE RENDUE A L'OCCASION DE LA PAIX FAITE ET ACCORDÉE ENTRE LE ROI DE FRANCE ET L'EMPEREUR ET LES SEIGNEURS ÉLECTEURS ET LES ÉTATS DE L'EMPIRE. — Reproductions photographiques de vingt croquis originaux de Ch. Parrocel, peintre du roi. (Collection des Travaux historiques de la Ville de Paris.)
(*Frise composée de* 3 *cadres*.)

313. — Choix de planches extraites de l'ouvrage de M. Brette, intitulé : *Histoire des Édifices où ont siégé les Assemblées parlementaires de la Révolution*.
(2 *cadres*.)

IV

CHOIX DE PLANS EXTRAITS DE LA COLLECTION DES ANCIENS PLANS DE PARIS

314. — Plan de Gaignières (1520).
(1 *cadre*.)

315. — Plan dit de Bale (1552) — Réduction au tiers de l'original.
(1 *cadre*.)

316. — Plan de Belleforest (1575). — Reproduction de la même dimension que l'original.
(1 *cadre*).

317. — Plan de Vassalieu (1609). — Réduction au cinquième de l'original.
(1 *cadre*.)

318. — Plan de Melchior Tavernier (1630). — Reproduction de la même dimension que l'original.
(1 *cadre*.)

319. — Plan de J. Boisseau ou des Colonnelles (1649-1652). — Reproduction de la même dimension que l'original.
(1 *cadre*.)

320. — Plan de Gomboust (1652). — Réduction au quart de l'original.
(1 *cadre*.)

321. — Plan de Jouvin de Rochefort (1672)). — Réduction au quart de l'original.
(1 *cadre*.)

322. — Plan de Bullet-Blondel (1670-1676). — Réduction à la moitié de l'original.
(1 *cadre*.)

323. — Plan de Nicolas de Fer (1697). — Réduction au tiers de l'original.
(1 *cadre*.)

324. — Plan de Lacaille 1714). — Réduction au tiers de l'original.
(1 *cadre*.)

325. — Plan de Robert Vaugondy (1760). — Reproduction de la même dimension que l'original.
(1 *cadre.*)

326. — Plan de Deharme (1763). — Réduction à la moitié de l'original.
(1 *cadre.*)

***

Nous tenons à appeler l'attention du visiteur sur deux pièces d'une importance capitale qui figurent dans l'énumération ci-dessus, sous les numéros **309** et **310**, le Plan archéologique de Paris jusqu'au XVIe siècle, par A. Lenoir, Berty et Pétrovitch, et le Plan de Lutèce a l'époque gallo-romaine, dressé par E. Hochereau, d'après les relevés de Théodore Vacquer.

Chacun de ces deux travaux est le résultat de plus de cinquante années de recherches.

Voici ce qu'écrivait, en 1880, au sujet du premier, M. Tisserand, alors inspecteur principal du Service historique :

« L'originalité de ce plan est tout entière dans l'idée d'où il est sorti et dans la manière dont il a été exécuté. A défaut de représentations figurées, contemporaines de l'ancien état de choses, Berty a pensé qu'il pouvait reproduire par le crayon, plus rigoureusement que ne l'avaient fait Delamare, Dulaure et Géraud, les documents écrits que renferment les dépôts d'archives ».

« Il a cherché d'abord le tracé des rues, puis la configuration des îlots, et il a placé, dans chacun de ces polygones irréguliers, les propriétés bâties, tels que les titres et particulièrement les *censiers* les lui indiquaient. Il est résulté de ce travail, patiemment et consciencieusement poursuivi, une restitution du parcellaire de l'ancien Paris entre les XIIIe et XVIIe siècles ». (Cf. *Atlas des anciens plans de Paris*. Table analytique, pages 6 et 7.)

Le Plan archéologique présente un *desideratum* : il est synthétique.

Le parcellaire du Vieux Paris y est figuré en bloc,

pour une période de quatre à cinq cents ans, sans décomposition du travail de chaque siècle; c'est le *Paris du moyen âge*, commençant au XIIIe siècle, époque où apparaissent les premiers documents certains, et se terminant au commencement du XVIIe, alors que les plans contemporains se multiplient et rendent inutile un travail de figuration rétrospective.

L'âuteur avait le projet de *découper* son plan synthétique en quatre tranches horizontales répondant à autant d'époques distinctes; la mort ne lui a pas permis de réaliser ce gigantesque dessein.

Ajoutons que ce plan, continué par M. Petrovitch, comprend seize feuilles dont sept sont presque entièrement terminées.

Quant au Plan de Lutèce a l'époque gallo-romaine, c'est par une délibération du 12 juillet 1899 que le Conseil municipal décida l'acquisition, pour le compte de la Ville, des notes trouvées dans la succession de Théodore Vacquer, et l'allocation des crédits nécessaires à l'établissement d'après ces pièces d'un plan manuscrit à l'échelle de $\frac{1}{1000}$ du *Paris gallo-romain*.

Chacun sait que les fouilles, accomplies pour les travaux municipaux et particuliers dans le sol de Paris, depuis cinquante ans, ont produit des résultats d'une importance extrême au point de vue archéologique.

Ayant participé à tous ces travaux, d'abord à titre officieux de 1844 à 1866, ensuite comme employé du *Service des Travaux historiques*, auxiliaire de 1866 à 1871, titulaire hors cadre de 1871 à 1880, enfin, comme sous-conservateur du musée Carnavalet, M. Vacquer avait recueilli une foule de documents relatifs à ces opérations.

A la date du 14 mai 1899, M. Vacquer écrivait au Préfet de la Seine pour lui exposer l'intérêt qu'il y avait à fixer, sur un plan du Paris moderne, les divers emplacements où avaient eu lieu les fouilles auxquelles il avait participé, avec indication des restes de constructions mises au jour, et sollicitait l'honneur d'être chargé de ce travail.

Cette proposition avait été accueillie par la Commission des Travaux historiques avec la plus grande faveur et elle aurait été, sans aucun doute, acceptée avec empressement, si la mort n'avait emporté son auteur quelques jours plus tard.

Théodore Vacquer trouva un continuateur, digne de lui, dans la personne de M. E. Hochereau, ancien conservateur du plan de Paris, et l'un de ses collègues au Comité des inscriptions parisiennes. C'est grâce à son concours dévoué que le service a pu mettre en valeur le précieux dépôt confié à sa garde.

Là ne s'est pas bornée la collaboration de M. Hochereau à l'exposition des Travaux historiques. C'est à lui que sont dus, avec le concours de M. A. de Fonseca, les quatre panneaux décoratifs reproduisant les costumes des magistrats du Bureau de la Ville, reconstitués d'après les miniatures tirées des *Ordonnances royaulx de la Prévosté des marchans et eschevinage de la Ville de Paris.* (Bibl. de l'Arsenal. Mss. J. 4.408).

Notre dernier mot, en terminant cette notice, sera pour remercier tous ceux qui, comme lui, ont bien voulu participer à l'œuvre que le Service des Travaux historiques place aujourd'hui sous les yeux du public.

Mai 1900.

COMMISSION DES TRAVAUX HISTORIQUES

Cette Commission, organisée par arrêtés préfectoraux des 12 février 1881 et 12 juillet 1899, est appelée à diriger les travaux ayant pour but l'Histoire générale de Paris. Elle se compose de six membres de droit et de dix-huit membres nommés par le Préfet.

MEMBRES DE DROIT

MM. le Préfet de la Seine.
le Président du Conseil Municipal.
le Secrétaire général de la Préfecture de la Seine.
le Directeur administratif des Services de la voie publique, etc.
le Directeur de l'Enseignement primaire.
l'Inspecteur des Travaux historiques, Conservateur de la Bibliothèque de la Ville de Paris.

MEMBRES NOMMÉS PAR LE PRÉFET

MM.

DELISLE (Léopold), G. O. ✻, membre de l'Académie des Inscriptions et Belles-Lettres, Administrateur général de la Bibliothèque nationale.

GRÉARD, G. C. ✻, membre de l'Académie française et de l'Académie des sciences morales et politiques, vice-recteur de l'Académie de Paris.

DEPASSE (Hector), membre du Conseil supérieur du travail.

PERRENS, O. ✻, membre de l'Académie des Inscriptions et Belles-Lettres, inspecteur général honoraire de l'Instruction publique.

DE LASTEYRIE, ✻, I. ✿, membre de l'Académie des Inscriptions et Belles-Lettres, professeur à l'Ecole des Chartes.

GUIFFREY, O. ✻, A. ✿, membre de l'Académie des Beaux-Arts, directeur de la Manufacture nationale des Gobelins.

LAMOUROUX, ✻, membre du Conseil municipal.

MM.

VILLAIN (GEORGES), ✻, ancien membre du Conseil municipal.

LONGNON ✻, A. ✿, membre de l'Académie des Inscriptions et Belles Lettres, professeur au Collège de France.

LISCH, O. ✻, inspecteur général des monuments historiques.

SERVOIS, O. ✻, directeur des Archives de France.

HOCHEREAU, ✻, architecte, ancien conservateur du Plan de Paris.

VIOLLET (PAUL), ✻, membre de l'Académie des Inscriptions et Belles Lettres, professeur à l'École des Chartes.

TUETEY, ✻, sous-chef de section aux Archives nationales.

TOURNEUX, ✻, publiciste.

HÉRON DE VILLEFOSSE, O. ✻, membre de l'Académie des Inscriptions et Belles-Lettres, conservateur du Musée du Louvre.

LUCIPIA, ancien membre du Conseil municipal.

CLAIRIN, I. ✿, ancien membre du Conseil municipal.

BUREAU

MM.

LE PRÉFET DE LA SEINE, *Président.*

DELISLE, *Vice-président.*

SERVOIS, *Vice-président.*

LE VAYER, I. ✿, inspecteur des Travaux historiques, conservateur de la Bibliothèque de la Ville de Paris, *Secrétaire.*

RIÉMAIN, commis principal du Service des Travaux historiques, faisant fonction de *Secrétaire-adjoint.*

COMITÉ DES INSCRIPTIONS PARISIENNES

Ce Comité, institué par arrêté de mars 1879 est chargé d'étudier les questions qui lui sont soumises par le Préfet ou par le Conseil municipal en vue de perpétuer le souvenir des faits historiques intéressant Paris. Il peut adresser au Préfet rélativement au même sujet toute proposition qui lui semble opportune.

MM.

DELISLE (Léopold), G. O. ✻, membre de l'Académie des Inscriptions et Belles Lettres, administrateur général de la Bibliothèque nationale.

GUIFFREY (Jules), O. ✻, A. ✿, membre de l'Académie des Beaux-Arts directeur de la Manufacture nationale des Gobelins.

GRÉARD, G. C. ✻, membre de l'Académie française et de l'Académie des sciences morales et politiques, vice-recteur de l'Académie de Paris.

LONGNON (Auguste), ✻, membre de l'Académie des Inscriptions et Belles Lettres, professeur au Collège de France.

PICOT, ✻, membre de l'Académie des sciences morales et politiques.

FRANKLIN (Alfred), ✻, administrateur de la Bibliothèque Mazarine.

MONVAL (Georges), I. ✿, archiviste au Théâtre Français.

MAREUSE (Edgar), I, ✿, publiciste.

HOCHEREAU (Émile), ✻, architecte, ancien conservateur du Plan de Paris.

DE LASTEYRIE (Robert), ✻, I. ✿, membre de l'Académie des Inscriptions et Belles-Lettres, professeur à l'École des Chartes.

HOFFBAUER, A. ✿, architecte-archéologue.

LACOMBE (Paul), archéologue.

LAMOUROUX, (Alfred), ✻, membre du Conseil municipal.

LOISELEUR DES LONGCHAMPS-DEVILLE, ✻, ancien chef de service à la Préfecture de la Seine.

MM.

LONGUET (CHARLES), publiciste.

MONIN (HENRI), I. ✿, professeur agrégé au collège Rollin.

THORLET, ancien archiviste de la Seine.

LE VAYER (PAUL), I. ✿, inspecteur des Travaux historiques, conservateur de la Bibliothèque de la Ville de Paris.

TUETEY, ✲, sous-chef de section aux Archives nationales.

TOURNEUX (MAURICE), ✲, publiciste.

BOURNON (FERNAND), I. ✿, archiviste paléographe.

SERVOIS (GABRIEL), O. ✲, directeur des Archives de France.

BOUCHOT (HENRI), conservateur du Département des estampes à la Bibliothèque nationale.

GARNIER (LÉON), ✲, inspecteur général honoraire des Services administratifs et financiers.

Peuvent assister aux séances et prendre part aux travaux du Comité :

MM. le Préfet de la Seine.
le Président du Conseil municipal.
le Secrétaire général de la Préfecture.
le Directeur administratif des services de la voie publique.
le Directeur de l'enseignement.
le Directeur administratif des services municipaux d'architecture.

BUREAU

MM.

DELISLE, *Président.*

GUIFFREY, *Vice-président.*

LACOMBE, *Vice-président.*

MAREUSE, *Secrétaire.*

RIÉMAIN, commis principal du service des Travaux historiques, faisant fonction de *Secrétaire-adjoint.*

COMMISSION DES RECHERCHES

SUR L'HISTOIRE DE PARIS PENDANT LA RÉVOLUTION

Cette Commission, instituée par le Conseil municipal, le 28 décembre 1886, a pour mission de rechercher les documents inédits relatifs à l'histoire de Paris pendant la Révolution française et d'en proposer la publication au Conseil. Les membres, dont le nombre n'est pas limité, sont nommés par le Conseil municipal et par la Commission elle-même.

MM.

DEPASSE (Hector), membre du Conseil supérieur du travail.

LONGUET (Charles), publiciste.

LAMOUROUX, (Alfred), ✻, conseiller municipal.

CHASSAING, député.

MESUREUR, député.

AULARD, ✻, professeur à la Faculté des lettres de l'Université de Paris.

CHASSIN, publiciste.

LACROIX (Sigismond), publiciste.

MONIN, (Henri), I. ✿, professeur au Collège Rollin.

PELLETAN (Camille), député.

DEROISIN, ✻, ancien maire de Versailles.

GUIFFREY (Jules), O. ✻, A. ✿, directeur de la Manufacture Nationale des Gobelins.

HENNET, ✻, sous-chef au Ministère de la Guerre.

ISAMBERT, député.

ROBIQUET (Paul), ✻, avocat au Conseil d'État et à la Cour de cassation.

HUMBERT (Alphonse), député.

TOURNEUX (Maurice), ✻, publiciste.

DREYFUS (Ferdinand), ancien député.

RAMBAUD (Alfred), O. ✻, sénateur,

MM.

TUETEY, ✻ sous-chef de section aux Archives nationales.

VILLAIN (Georges), ✻, ancien membre du Conseil municipal.

LUCIPIA, ancien membre du Conseil municipal.

LEVRAUD, député.

BLONDEL, ancien membre du Conseil municipal.

VORBE, I. ✿, ancien membre du Conseil municipal.

BRETTE, publiciste.

GUILLAUME (J.), publiciste.

LAMPUÉ, ancien membre du Conseil municipal.

CLAIRIN, I. ✿, ancien membre du Conseil municipal.

LABUSQUIÈRE (John), membre du Conseil municipal.

BOUVIER (Félix), publiciste.

DELABROUSSE, ancien membre du Conseil municipal.

BUREAU

MM.

DEPASSE, *Président.*

LEVRAUD, *Vice-Président.*

LACROIX, *Vice-Président.*

ROBIQUET, *Secrétaire.*

LE VAYER, I. ✿, *Secrétaire administratif.*

RIÈMAIN, commis principal du service des Travaux historiques, faisant fonction de *Secrétaire-adjoint.*

COMMISSION DE CONTROLE

POUR LA PUBLICATION DES DOCUMENTS RELATIFS A L'HISTOIRE DE PARIS PENDANT LA RÉVOLUTION

Cette Commission instituée par arrêté préfectoral du 26 mai 1887 est appelée à régler les questions relatives à la publication des ouvrages sur l'Histoire de Paris pendant la Révolution et dont l'impression a été, au préalable, décidée par le Conseil municipal.

MM.

DEPASSE (HECTOR), membre du Conseil supérieur du travail.

MESUREUR, député.

LAMOUROUX, ✻, membre du Conseil municipal.

TUETEY, ✻, sous-chef de section aux Archives nationales.

LACROIX (SIGISMOND), publiciste.

GUIFFREY, O. ✻, A. ✿, directeur de la Manufacture nationale des Gobelins.

CHASSAING, député.

HUMBERT, député.

LUCIPIA, ancien membre du Conseil municipal.

LEVRAUD, député.

BLONDEL, ancien membre du Conseil municipal.

VORBE, I. ✿, ancien membre du Conseil municipal.

VILLAIN, ✻, ancien membre du Conseil municipal.

LE VAYER, I. ✿, inspecteur des Travaux historiques, conservateur de la Bibliothèque de la Ville de Paris.

Paris. — Imprimerie Nouvelle (association ouvrière), 11, rue Cadet. — 1467-1900
A. Mangeot, directeur.

CONTINUUS LABOR VITA
FIAT LUX
IMPRIMERIE NOUVELLE
ASSOCIATION OUVRIÈRE

www.ingramcontent.com/pod-product-compliance
Ingram Content Group UK Ltd.
Pitfield, Milton Keynes, MK11 3LW, UK
UKHW021116230726
13926UKWH00002B/518